美好的事物正在路上

韦忍诗选 2011—2022

韦忍 著

山西出版传媒集团 北岳文艺出版社
BEIYUE LITERATURE & ART PUBLISHING HOUSE
·太原·

图书在版编目（CIP）数据

美好的事物正在路上：韦忍诗选：2011—2022 / 韦忍著. —太原：北岳文艺出版社，2022.5
ISBN 978-7-5378-6539-5

Ⅰ. ①美… Ⅱ. ①韦… Ⅲ. ①诗集－中国－当代 Ⅳ. ①I227

中国版本图书馆CIP数据核字(2022)第051234号

美好的事物正在路上

韦忍诗选：2011—2022

韦忍 / 著

出品人
郭文礼

选题策划
刘文飞

责任编辑
刘文飞

书籍设计
张永文

印装监制
郭勇

出版发行：山西出版传媒集团·北岳文艺出版社
地址：山西省太原市并州南路57号　邮编：030012
电话：0351-5628696（发行部）　0351-5628688（总编室）
传真：0351-5628680
经销商：新华书店
印刷装订：山西新华印业有限公司

开本：787mm×1092mm　1/32
字数：162千字
印张：6.25
版次：2022年5月第1版
印次：2022年5月山西第1次印刷
书号：ISBN　978-7-5378-6539-5
定价：45.00元

娄山乌江间的独奏

（代序）

从传播的角度说，作为贵州“80后”诗歌代表之一的韦忍也许属于晚出，事实上，他起步甚早，一直在路上。相对于传统阅读时代，数字化环境下，诗歌的写作、阅读和评判越发依赖于传播情况，也因此常生误识；后来，我们也知道了，写作者的行走速度、现身频率与写作成绩时常并非成正比关系。印象中的韦忍，出现在我的视野里近十年，他的写作始终保持稳中有进的良好态势，这在贵州本土诗界也属稀有。

韦忍栖居之地，曾是贵州历史文化和传统诗歌文化的富裕之区，人才辈出。就新诗而言，直接的文本影响通常不会集中在具体的诗人那里，但这种人文荟萃的氛围，显然对年轻的韦忍有着促进作用。

韦忍人诗同一，安静又热情，平易近人。如今，在几无门槛的传播大环境中，如韦忍般的写作者的独立需要特别的定力。他是从容自在的，并不跟风，多年来，他持续地辨识他熟悉的生活，写着他所认为的诗，捕捉他观察的诗意。他有反思，但无咄咄逼人式的反抗。对于诗歌文体而言，强词并不能真正夺理，它的力量在于太极般的婉转，静水流深，足踏实地，自在地在字里行间面对和处理内在的精神冲突与灵魂疑虑。韦忍的诗，多半如此，表面看是一幅静态精短的简笔画，静观之，则可见静中有动，动静相宜，常让人同感、共情且沉思。

在韦忍的诗中，常规化言志或励志套路被他清醒地搁置，他给我们提供的，或明里暗里提醒的，是一种感同身受的静物、一种明摆着的参照物，让读者看到原来常见却容易被忽略的方面，诸如环境、普通的生命及生活状态等，便在“诗歌”的艺术化裹挟里，通俗易懂地呈现出另一种鲜明与真。正是这样，诗本如镜子，它静置，你若看它，它就会反映你所未在意的本来的种种面目。韦忍的写作，亦像制作一面面镜子，有山水，有人，有情，有生活，也有此起彼伏的隐秘记忆、与生俱来的忧伤，重要的是，它们并非平面的、单调枯燥的。技术越来越好的韦忍知道如何更好地把握语言，更知道如何使语言生动，如何生动地以内容带动形式。

其实，之所以说他是贵州青年诗人的代表，也是因为其诗歌技术的相对完好。技术是一位诗人能从数量众多且层出不穷的诗人队伍里立身并获得真正识别的前提。好技术的前提，则在于观念更新，在于对尘世百态、生活环境、个体经历与阅读经验的综合认识。韦忍的综合处理能力是很强的，其诗歌表达深入浅出，既有传统诗歌文化的化用，也不乏现代感，这种灵活也表明了他的聪明与成熟。

韦忍身居黔北，近百年来，这一片传奇的水土一直是贵州传统诗歌文化及乡土文学的中心区域，也是贵州新诗第一生成区。最早进入全国新诗视域的前辈诗人廖公弦，就是韦忍的同乡。廖公弦以山水田园诗为主的传统性乡土抒情写作，极大地影响了一茬茬贵州诗人，功莫大焉。没人会怀疑地方对个体生命及生活的影响。对于诗歌创作而言，这存在一个度的问题。也就是说，前辈们关于新诗文体与贵州环境结合的有效实践，会给潜心向前的后进带来创新的难度，这类似于山路早已有，后进者，如果不盲目重复，就得重新设计绘制既符合现实又崭新的路线图。于此，我以为韦忍最值得圈点的，正在于他在对传统承继中的主动出新。

在贵州诗歌最大集散地的黔北，关于“乡土性”写作的主动性及创新意识在各年龄段诗群中都有鲜明呈现。近年来，从“60后”的廖江泉、“70后”的刘兴华到“80后”的韦忍，我们可以窥见，同在娄山下、同饮乌江水的他们同源异流，各自进步，各有风格，都在传统“山水诗”或“乡土抒情”的基础上自寻蹊径，令时光刮目。

当然，情感丰富的诗人经历和面对的远不只是乡土情感，从韦忍诗集《美好的事物正在路上》看，对亲情、爱情等人之常情亦多有涉及，将其写作倾向笼统归为乡土抒情，是从大面上而言，广义的乡土气息在他的各类诗作中，几乎是一种固有的底色。这很正常。我倒不认为这意味着他就像固有印象中的乡土诗人。其实在今天，可以将“乡土”理解为更为宽泛的“地方性”，而不是貌似具体、亲切实则芜杂、无典型意义的表面式地理描绘。韦忍的写作，恰好印证了这种似小实大、似近实远的诗意延伸的可能。他以本土为内核，而这核心却是能动的。

从前，强调民间气息、地理表达的写作，潜意识里更多的可能属于一种辨识和求证需要，或在心理上对历史与现时环境、文化交流和对自我精神定位的愿望；而在新的时期，传播环境的变化以及多种文艺体裁的介入也给相关主题或题材的诗歌写作提出了新的要求，这就意味着，诗歌在关于一方水土、一片地理、一个地方等因素上，观念与视角的适度转变是必要的。自然地理天成，表象地或以诗的形式单纯地歌之赋之，常会抑制诗意的深入，更易陷入人云亦云式的仿袭合唱。而韦忍显然是一位匠心独运的独奏者。

或许，关于诗歌，合唱体现共性，而个性，亦是“个人性”，对于有为的诗人来说至关重要。韦忍的诗让我想到，诗歌如何在承运“乡土中国”的同时，创造性地找出“我的环境”或“环境中的我”，同时别出心裁地将文学性、地方环境及文化传统、个体情感等要素相对合适地融贯，这样的诗作便会更丰腴也更可信。韦忍已经充分认识到了这种统一，这种“地理的乡土”“文化的地方”“自我的存在”三者的艺术统一。在他所擅长的以小见大、从零到整的表达中，我们不难看到，他在开掘生命与生活环境的现时感、多样性和梳理风土人情深层纹理上的努力。他似乎在安静地讲故事，讲地方，讲生活日常，讲自我，地理条件的差异性在被淡化的同时，更多泥土味、生活味与人情味得到新的糅和，人、人性、真实性得到了本该有的素朴的保证。

如果抒情于他如翅，内容的不断更新则可使他持续换位出新，当反思与审视突出，就会做出新的价值与审美判断。显然，诸如局部切入、日常抓取、细节渗透、静观姿态、现时摄录等韦忍式的取景方式，使既有的乡土抒情、日常性表达得到“小而实”的翻新和新瓶装旧酒式的改造，于此，也就稳中有进地构筑出一个有特色的精神语境，它既温婉又倔强，仿佛随意，更意味深长。

以上，只是对韦忍写作的概观。这些年，成熟又明智的韦忍在厚重的传统抒情环境里脱颖而出，令人关注和欣然。一本诗集，也像一种阶段性精神回顾，读之，可见作为诗人的韦忍，虽自谦“在低处”，实则居高而“站在山巅”；更能见他的诗中有心，有平常心、上进心，还有真心、好心与善心。相信他的今后，将如其诗：美好的事物正在路上。

赵卫峰

2021 年秋于贵阳

目录

辑一 | 雪下着

辑二 | 春风吹

辑三 | 在低处

辑四 | 小景致

辑六 | 尘世书

辑一 | 雪下着

那么淡

淡到无牵无挂，淡到寂静的花园里
只有一袭瘦瘦的香气

淡到一提到过去你我都哑然无语
情感成了一杯白开水

淡到有一天，在大街上相遇
你不认识我，我不认识你
一缕擦肩而过的体温成为故事的结局

再淡一点，如果再淡一点
那就淡到可有可无、无色无味
你我之间只剩下一层透明的忧愁
如雨中那朵浅浅的微笑

2011-01-31

轻轻走过那片草地

每次走过那片草地
我的脚步总是很轻很轻
生怕一不留神，就踩碎了那片绿

蚂蚁、蟋蟀、蝈蝈……
它们都是我的至亲
就住在里面，我得小心，再小心

即使是一粒小小的生命
我也不愿轻易打扰

2011-03-13

吹吧，风

夜已深了。风啊
你还在吹
都已经把我吹了快半辈子了
你还在吹
我的额头已经被你吹皱
记忆已经被你吹远
连我的人生之路
也已经被你吹得弯弯曲曲
烟雨蒙蒙了，你还在没完没了地吹
难道你要把我当花儿一样吹开
难道你要把我当草叶一样吹败
吹吧！风
我已经挺直了腰板
睁大了双眼
我要看你要把我今夜的思念
吹往何处

2011-06-13

悔过书

韦忍，男，汉族
贵州绥阳人
人民教师
于2004年6月放下篮球和吉他
与诗歌相恋
终日喜欢与书籍为朋
孤独为友
其行为已影响到
学校教师形象
亲爱的上帝，请惩罚我

一次次，我放下家中妻儿
与诗歌含情脉脉
私定终身
曾多次在桌上沙发上
被窝里，人迹罕至的野外
干不可见人的勾当
其行为有昧良心和道德
亲爱的上帝，请惩罚我

这些年来，我用香烟
熏黑了夜空
用墨水弄脏了河水

丢掉的废稿
污染了土地
其行为危及他人健康
亲爱的上帝，请惩罚我

我把寒风说成是刀子
把伤口说成是世上最美的花朵
把落叶说成是回乡的游子
把雪花的飘落说成是与蒲公英的约定
我已走火入魔、满口胡话
其行径违背了自然规律
触及上帝您的权利
亲爱的上帝，请惩罚我

最后，亲爱的上帝
我恳请您以神的名义
将对我的惩罚
公之于世
让更多的人引以为戒

2011-06-15

我爱过你

我爱过你，在多年前的一个清晨
你从窗外走过
我站在窗口
我淡淡的目光温暖地落在你的脸上
你没有看我，云一样飘远

我爱过你，在那个已经发黄的日记本上
你的身影被我一天天写成长短惆怅
而读着它的人，始终不知道
我笔下的女孩儿
竟然是你

我爱过你，在这个朝霞满天的清晨
当微风轻轻卷起窗帘
我又站在窗口
我看见那段时光的小花
正在飘落。羞羞答答，欲言又止……

哦，除了那一片温暖祥和的阳光
还有什么能够证明你曾来过
我曾深深地爱过你

2011-08-27

今夜风大

今夜风大，我在风中想你
想起你，就想起你背后那场大雨

我抓得住下滑的雨滴
却抓不住那个转身的你

我忘得如烟的过去
却忘不了那个雨中的你

今夜风大，风中我在喊你
今夜风大，风中我在等你

2011-10-23

昨夜路过洋川河畔

昨夜路过洋川河畔
看见一对学生模样的情侣
在树荫下接吻

他们忘情、热烈
就像夜色深处
两朵相互取暖的百合

我放轻脚步
转身离去
生怕踩响了蛐蛐的琴弦

2011-11-20

爱了

就这样爱了。毋庸置疑
我的忧郁
原本就和泪水一样饱满
我的内心，原本就像露珠一样晶莹
现在，就让我大声说一次
痛痛快快地说一次
爱了！我要把我真诚的话语
说给天空听。说给大地听
如果有必要，有一天我还要说给世界听
世人都会笑我
而你，永远不会
你只会把小嘴凑到我耳边
温柔地说：亲爱的！小声点
别让喇叭花听见

2011-11-27

十年

多么漫长。这一路啊
我们是怎么走过的

遥不可及的距离
除了让我有了
点点小女人似的伤感
还会让我不自觉地抚摸到了很多词
比如稚气、清纯、灿烂、沧桑……

十年，一些不可能
都被生活牵着我的鼻子
让它变成了可能
而明天，还是就像那只航行在
烟水里的小船
谁能预言它在何时靠岸

十年，最让我感动的
是陈奕迅都已经淡出大众的记忆了
而你还清晰地记得韦忍

2011-11-28

起风了

院墙外的那几株野菊
终于在暗淡的阳光下
败下阵来。这寂静的谢幕方式
最容易让人想起
那一缕缕浅黄色的忧伤
如今，哪儿去了
它们就要在我温暖的笔下
长成记忆的苔藓
起风了。请允许我吝啬一回
对着那枚快要枯落的夕阳
不轻声说爱，不轻声说痛
距离，在风中
是一壶浓浓的相思
起风了。嘘！别出声
不惊扰黄昏后的美好
不惊扰小松鼠的幸福
黑夜将至
暗香仍在浮动

2011-11-30

假如有人比我更爱你

我可以不想你
只要时间愿意

我可以不爱你
只要玫瑰愿意

我可以不等你
只要你愿意

只要你愿意，我还可以孤独忧伤着死去
假如，假如有人比我更爱你

2011-12-06

路灯

深夜，躺在医院的病床上
我一声咳嗽
窗外的路灯亮了

它眼里满含的柔情
让我感觉到
春日阳光的温暖

我一声接一声地咳嗽
路灯便眨也不眨地
看着我，它多像守在我身旁的这个女人

2011-12-08

2011年的冬天

除了天空没有雪花
除了陪爱人去了一次医院
除了那晚我侥幸躲过一条美人鱼的红唇

一切正常

2011-12-28

我是这样一个人

被人嘲笑过
被人诅咒过
被人当牲口一样使唤过
被人当皮球一样玩弄过
被人恨过、骂过
被人抛弃过，像一张废纸
被人折磨过，像栽倒在顽童手中的一只蜻蜓
被人用无影拳打倒过
被人用连环腿踢飞过
很幸运，我还活着

在通往春天的路上
我还像一只孤单的蚂蚁那样
卑微地活着

2012-01-03

雪下着

那么多的想念，铺天盖地
纷纷扬扬
一瓣，两瓣，三瓣……

安静而又素雅，温柔而又多情
似乎要为慈爱的大地
赶织一件御寒的棉衣

雪下着，屋顶一会儿就白了
树白了，庭院也白了……
夜色的网，怎么能掩去这场惊艳的美

雪下着，悄无声息
漫步在干净的雪地上
我温暖地想着那个像雪一样的女孩儿

2012-01-05

爱，也会融化

说出来就化了。月光下
爱，泪流满面的模样
多么无辜，好像是我们的失语
让它受伤、着凉

草叶上，碎落一地的泪珠
宛如星星点点
夏日的香气一样散失
很多时候，牵挂也只能成为秘密
只有风，在幸福地传递

而你不能说，我也不能说
事实上，没有谁比我们更清楚
爱比雪花更像雪花
一不纯洁
它就慢慢融化

2012-01-19

已经醒来

一定是轻风把我唤醒的
一定是小鸟把我吵醒的
一定是草尖上，露珠欢乐的尖叫声
把我惊醒的。这不重要
重要的是这个春天的清晨
我在这场浑浑噩噩的梦中已经醒来
多么尴尬的幸福啊，当我轻轻撩开窗帘
阳光像一个害羞的少女
和我撞了个满怀

2012-03-05

广州

那时候，对于这座南方的城市
我知之甚少
只在学生时代的地理书上
记住了它的的名字
而它的人文历史、地理位置、气候特点……
我几乎不知
这些年来，不知道为什么
我时常在睡梦中喊着它遥远的名字
因为那些离乡多年的亲人和朋友
广州，这座南方的城市
仿佛已经成了前世
和我无意失散的那个故乡

2012-03-25

不要在多年以后来找我

不要在多年以后来找我
尽管蓝天还在、大海还在
春暖花开的季节还在
通往我的那条高速公路还在
但请你不要在多年以后来找我
那时的我，老了
人群中，我已羞于谈及诗歌和爱情
人生和理想
就像我羞于面对我从前的恋人
老了，满脸的皱纹里
有我漂泊一生的凄楚
蹒跚的步子里有我今生最沉重的那份牵挂
不要在多年以后来找我
我的心跳减弱了、激情没有了
所以我已经不会拥抱，也不懂得接吻
如果不问及我的姓名和年龄、出生和嗜好
你即使找到我也认不出我
已经老了，烟不抽了，酒不喝了
更不能陪你唱歌跳舞了
那时的我，已经一个人默默地回到乡下
找地种花种草去了

2012-03-31

外地人

我来到城市
像城市人那样着装
像城市人那样走路
像城市人那样
坐在公园一隅静静读着书报

可我一开口
他们就说我是外地人

2012-04-06

昨夜你来过

清晨，露珠还没有被阳光叫醒
芨芨草还在薄雾里微微打着呵欠
在那条通向远方的小路上
我看见一串绿色的脚印
于是，我知道昨夜的你来过

长在院里的那几棵栀子也开花了
一朵，两朵，三朵……
那深藏在叶丛中的几朵白
一定是你，昨夜留下的微笑

2012-04-18

理由

整整一天
我都特别想哭

没有理由
仅仅是一粒沙子进了眼睛
至今还不出来

2012-05-09

多年以后

多年以后，我老了
你也老了
面对那些还在夜里跳跃的火焰
沉默的我们
将以哪一种方式忆起
欲望已经枯萎，回忆已经散乱
听过的水声和虫鸣
看过的星辉和灯影
面对它们，我们还能拿什么
将它们在有月光的夜晚安放
眉宇间的蓝天，已经远了
怀抱里的海洋，已经小了
在多年以后，被我们无辜放逐的年华
再也回不来了。除了一轮正在下坠的夕阳
在不动声色地看着我们
鲜活的火焰，已被冷风一朵一朵地掐去

2012-05-17

站在夜里

让我在黑夜里站一会儿
就一会儿

因为生来就是个怕夜的人
所以面对无边的夜色，我只站一会儿

尽管眼含忧伤，但我不是为了想念
也不是在等一个人

站在夜里，我只想让自己短暂地感受一下
是不是真的伸手不见五指
是不是自己也是黑的

2012-06-04

飞起一脚

飞起一脚
能踢倒什么
一堵墙？一棵树
一群人还是一个人
对于一个才六岁的小家伙
哪有如此本领
他只能踢飞一只麻雀
一颗石子儿
或者，踢飞他自己
问题是他刚才把夕阳
当成足球了
飞起一脚
夕阳便灰溜溜地
滚下了山坡

2012-10-09

我要出去走走

趁地上还晒着阳光，天空还飘着微云
我要出去走走
不带鲜花和爱人，只带上自己的好心情
一个人把落叶和小草踩出声音

我要赶在北风没来以前
再看一眼这里的山、这里的水
再看一眼秋风是怎样收割原野
蚂蚁是怎样搬动秋天

夕阳不会无故悬挂在枝头
霞光不会无故将日子染红
我要出去走走
趁地上还晒着阳光，天空还飘着微云

2012-10-12

一定有一些什么会留下来

你走了，一定有一些什么会留下来
三月里的风，荷池里的水
林间飘落的黄叶，城市上空飞舞的雪花
它们拼凑成我一生的回忆

你走了，野菊花还在墙角静静开着
那淡淡的芬芳，如同瘦瘦的思念
越来越接近我心里这场久治不愈的暗疾
一到月亮升起的夜晚，我便久咳不已

2012-11-24

让我们就这样坐着

让我们就这样地坐着
从一场雨的盛开
到一轮月的枯萎
谁都不开口说话
就像窗外那两棵痴痴遥望的树
又像寒夜里两颗靠得最近的星星

2012-11-27

辑二 | 春风吹

我又错过了一个春天

当我想在纸上
写下那些春花和蝴蝶的时候
春天已经默默转过身去
她的无辜，让我想哭
“明年吧！”我只能对自己这样说
也许到了明年，我还会对自己这样说

我的慵懒和粗心
一次次被自己轻易原谅
而我又在生活中一次次重蹈覆辙

2013-03-22

春风吹

春风也是这样
一个季节，只管在原野上微微地吹
微微地吹

能吹开花就吹开花，能吹绿草就吹绿草
那些不开花不长草的地方
也被它微微地吹着

2013-03-24

病床上

我多么愿意，那个躺着的男人是我
像一朵正在枯萎的太阳花
静静躺在医院的病床上

我的眼里，满是落花、雨露、纷飞的黄叶
因为怕我被晚风带走
爱我的女人，一个个赶来看我
她们焦急地守在我身边，一步也不愿离去

她们祈祷、祝福，默默为我流着泪水
一双双温存的手，小心整理
我零乱的头发，轻轻抚摸我清瘦的脸

洁白的百合花开得很灿烂
春天的阳光，温暖地洒在午后的窗台上

2013-05-19

容易

吃掉一条鱼
比吞下一根鱼刺
容易

喝掉一碗鱼汤
比咽下一滴眼泪
容易

一条鱼的悲哀
谁看见了

2013-06-05

窗

白天
我的窗关着
防止苍蝇进来

晚上
我的窗开着
留给清风进来

2013-06-05

喇叭花

娇嫩柔弱的那几株喇叭
终于开了
它们开在后院那块
小小的空地上
开在这个清晨那一片明媚的阳光里
草丛中，它们掬起笑脸
要把自己的
干净和美，展现给世界
没有芬芳，但它们依旧笑得骄傲
没有蝴蝶，但它们同样显得妩媚
洁白可爱的喇叭花啊
多像一群少女
在青草绿叶间噘起的一张张小嘴
一阵微风吹过，你仔细听听
它们在羞涩地诉说青春、梦想和爱情

2013-06-13

想去那个林子里坐坐

每次路过那里
我都想去那个林子里坐坐

树上的小鸟唱着
林中的小草绿着
遍地的野花香着。尤其是这个春日的傍晚
我带着爱人

此刻夕阳正好，晚风正好
慵懒的阳光透过树叶
斑驳洒落在那块光滑的石板上

2013-04-12

一些事，慢慢地就过去了

一些事过得去也好
过不去也罢
慢慢地，它会过去

就像那暗淡的某一天
就像那伤痛的某一年
就像这曲曲折折的人的一生
慢慢地，它就过去了

2013-06-16

天气变凉

天气变凉，又一年秋天来了
被风吹动的小山岗
闪过父亲清瘦的身影

粮食该入仓了，羊群该归圈了
父亲沉重的步子，把满地的霞光
踩得好疼好疼

凉意越来越浓的十月
我内心不断聚积的荒凉
就像这城市上空缓缓游走的云彩

很多时候，故乡只是一把清凉的泪水
而我，依然疲倦而又固执地
寻着那只由北往南的归雁

2013-10-12

这尘世

你看那花，开着开着
就枯了

你看那草，绿着绿着
就黄了

你看那河流 ，流着流着
就断了

这尘世，多少走着的人
走着走着
就丢了

2013-10-23

一枚熟透的柿子掉下来了

把眼一闭，把心一横
一枚熟透的柿子掉下来了
掉下来就掉下来吧，这没什么

已经深秋了，万物都在枯败
一枚果实的坠落
本就是小事儿一桩

问题是它在枝头突然松手的那一刻
我正好从树下经过
它居然一声不吭就击中了我内心的痛处

2013-10-24

多看了那个女人一眼

在县医院门外的那棵槐树下
我看见一个女人在哭

听不到哭声，但我能感受到
她单薄的身体，在随满树的枯叶战栗

夕阳西去，暮色变浓，她以为抱住的是一个男人
靠着的是一个坚实的肩膀

这个面目清秀、眼含泪光的女人
在晚风中显得很妩媚

我趁她低头掏纸巾的刹那
忍不住又多看了她一眼

2013-10-28

不知道为什么还要想你

这么久了，你走得没有一丝消息
我不知道为什么还要想你

窗外起风了，我会想你
树上落叶了，我会想你
天空下雨了，我还会想你

很多时候，我会一个人静静地靠在窗前发呆
一个人默默地沿着河岸漫步

这么久了，你都已经不想我了
我不知道为什么还要想你

2014-01-04

一只鸟飞过

孤单的一只
暗淡的一只
即使在春天的阳光下
我也叫不出名字的一只小鸟
从村庄的上空飞过
落寞的身影，与其说是冬日里
一个灵动的符号
还不如说它是被季节遗忘在天空中的
一枚忧伤。它很小、很瘦
像一缕烟、像一滴泪
悠悠敲响冬日午后的寂静
顺着风，往事一瓣瓣下落
悄无声息
空旷的原野
越来越浓的夜色漫过来
仿佛什么也不曾发生

2014-01-10

省去

如果我死了
爱我的人，请省去青纱、白布
请省去香烛、纸钱
请省去花圈、锣鼓和鞭炮
请省去棺材、葬仪和追悼会……
爱我的人啊！我无牵无挂地来到这世界
现在就让我安安静静地离开吧
我的离去，你们要把它当作是一次没有归期的长途旅行
你们要为我省去披麻戴孝
省去失声痛哭。随便找一个地方
将我安葬。躺在故乡的怀抱里
哪儿都温暖
爱我的人，把我的墓碑和灵位也省去吧
只要你们不把我忘记
我也就活着

2014-02-15

田野在春天闪闪发亮

田野上，有多少被时光
遗忘的事物，在春天
就会有多少念想复活

那些在去年飞走的鸟
开败的花，枯死的草
现在，正被春风一一点名

是冰释前嫌、握手言和的时候了
我脱下身上的棉袄
像丢掉纠缠我一冬的暗疾和沉重

田野上，有和风缓缓吹着
有鸟儿低低唱着
阳光下的万物，正在眼前闪闪发亮

2014-03-16

我们坐在湖岸

我们坐在湖岸，默默地不说一句话
流经我们身边的这条清溪
缓缓无语

夕照下的湖面
一只白鹤低低飞过
水中的倩影，醉倒黄昏

我们坐在湖岸，一会儿看山
一会儿看云，无事可做的时候
就一起看夕阳冉冉下落

一个夏日午后的时光，多像我们此刻
长久的沉默。伴着晚风
伴着残花流水，无声逝去

2014-03-21

爱上这个湿润多风的季节

我爱上这个湿润多风的季节
爱上这临窗的一江清水
爱上这个林子、这座石桥
这条长满芳草的羊肠小道

在春天，一个人要爱着的事物太多
这花香、这草色
这盛满阳光的原野
它们几乎要融化我怀揣一冬的冰雪

2014-04-10

不要说出

不管是用羞于启齿，还是用深藏不露
来形容阳光下，院里那几株
迟迟未开的太阳花，都有道理

每一朵含露的花蕾
都像自己心里，那个想要说出
却又不能说出的秘密

是已经错过了春天？还是担心一旦说出
就交出了自己卑微的爱情

这香唇紧闭的花杯
就像这就要坍塌的坚持

2014-04-12

总有一些东西挥之不去

那么黏
那么稠
那么微妙
却又那么难以忘记

像大腿上那只大花狗留下的牙印
像皱纹
像头上早生的华发
想忘忘不了，想丢丢不掉

这么多年，走在路上
用快乐的花草掩饰过
用滚烫的泪水隐藏过
一次次，我佯装不知
却又一次次想起

2014-04-14

最美好的遇见

还有什么不能说出
春天已经来了

可以是在早晨，也可以是在傍晚
一个人沿着小路走下去

能走向田野就走向田野
能穿过桃林就穿过桃林

一切都只是为了遇见
在石桥上，在小河边，在林子里……

在春天，最美好的事情
似乎就是遇见

一次次，哪怕我两手空空
原路返回

2014-04-15

老地方

再也不会在每个阳光灿烂的午后
一个人去那里了

那里除了熟悉的山
是数也数不清的树
除了树，是至今也叫不出名字的鸟
除了鸟，就是那条孤独的小河流

多少年过去了，它还像昨天那样
无声地流啊流

2014-04-25

雨，或者伤痛

还有多久？窗外漫无边际的雨点儿
才愿意停止敲打
和气喘吁吁的草叶握手言和
这无休止的倾诉
淅淅沥沥，怎么也洗不去夜色的浓
黑夜的深
何处才是尽头？风
从原野吹来
信手晃乱灯光下树影的迷离
那一片神秘的水域，好几次我都想走近
去见证雨点前脚落地
后脚就再也无法拔起的过程
关上门，小屋里很静，像一屋子的寂寞和孤单
窗外的雨声，稀疏而又遥远
仿佛梦里那个想要靠近
却又永远无法靠近的身影
有那么一会儿，躺在一段被雨淋湿的往事里
我睡熟了。醒来时
一滴冷雨，砸在我的脸上

2014-05-07

再近一点

再近一点
我的手，就刚好碰到你的手

再近一点
我的手，就能感触到你怦怦的心跳

再近一点
我就可以不用手
直接用嘴，轻轻说出爱

2014-05-30

步行街

小时候，一个人去人民小学
我要绕过一个林子
穿过一片稻田
翻过一座石桥

现在，我只要沿着这条步行街走下去
就到了。只是这一路上
除了每天要面对熙熙攘攘的人群
还要经过几家美容院，洗脚城、网吧、KTV

至于数不清的服装店、咖啡厅
茶楼、小酒馆……
大可忽略不计

2014-08-09

城市的大街上

城市的大街上，哪一天不遇上
几个乞讨的人

他们在人群中趴着
在路旁躺着，在十字路口跪着

纸上的身世
一个比一个不幸，一个比一个凄惨

每次走过大街，我都不敢正面看他们
要么学会绕道，要么匆匆逃离

在城市住久了
我哪里还是个有爱心的男人

2014-09-17

黑夜将至

当晚风吹动草垛，吹动树叶
吹动原野上这满地的阳光
我看见张牙舞爪的夜色
正从远处的松树林里，缓缓飘落下来

夕阳、云彩、鸽群……
连同那些歌一样美好的回忆
一点一点地暗下去
我心里的晴空，也一点一点地暗下去

站在风中，我沮丧得就像一个
欲哭无泪的孩子
黑夜将至啊！我还是必须按原路返回

2014-09-25

秋风辞

先是紫色的窗帘在动，然后是
满树的叶子在动
后来就是整片山林都在动

鸟雀还在寻食，蚂蚁还在路上
广袤的原野上，就起风了
风绕过山岗，淌过河面，吹进村子

凉意，一层一层
无边的暮色一样
从高大孤独的梧桐树上掉下来

午后的时光，多么短暂
手里的书我还没有翻完
一阵晚风，就把秋天带到了南方

2014-10-12

该来的终究会来

十月已经松开手指，该来的终究会来
就像这个季节躲不过的寒冷
散不去的离愁

地上还有阳光，我就有足够的理由
再次爱上天空、黄叶、枯草
溪流的缓慢

去原野上走走，去林子里坐坐
随便挨着棵身旁的小树
一个人把心里的春天遥望

不管明天会上演什么
因为爱着
就无关宿命，无关霜雪

2014-11-25

一些枯叶还留在树上

入冬了，一些枯叶还留在树上
生命已经黯然
为何它们迟迟不愿落下

难道它们要等着风吹
等着雨淋，等着霜雪来肃杀
也要用倔强捍卫自己高高在上的爱情

一个人穿过午后的时候，树在风中摇摆
那一丝丝凉意，多像被风
不经意摇落的一层一层的时光

2014-11-29

一个人的午后

还不是叶落秋尽的时候
短暂的离别
何须说得那么伤感
远山、落日、白云的心事
就在那一湾碧绿的清水里静静泊着
穿过那条林荫小道的时候
我把步子放得很慢、很轻
生怕踩伤了落叶，踩疼了枯草
一个人的忧伤，怎能从那一片片
黯然的云彩开始
群鸟归去
我缓慢的脚步，追不上徐徐下落的夕阳

2014-12-07

辑三 | 在低处

美好的事物正在路上

你要原谅还未开花的树
还未长绿的草。你要原谅迟到的燕子
暗处的积雪，村庄上空
还在不时洒落的阵阵冷雨

春天已经来了，但寒流还在
原谅天空的阴沉
大地的荒凉，就是原谅多年来
自己身上的偏激和固执
粗心和散漫

你要在寂寞里
学会慢慢地等，慢慢地爱
停滞的，就要流动；闭合的，就要打开
一切美好的事物
正在路上

2015-03-06

老屋

母亲离去后，父亲被接进城里
故乡的那间老屋
就这样空了。暮色下的老屋
门户紧闭，没有了炊烟和菜香
沉默不语的老屋
和秋后的山村一样荒凉
空空的老屋，多像父亲这些年在城里
一个人空空的眼神
空空的内心。每次回乡
我都会去探望老屋
但每次离开时
我都会强忍悲伤，站在村口
一次次回头遥望
仿佛遥望母亲在风中，一个人颤巍巍的身影

2015-03-11

我说不出自己的忧伤

也只有三月，只有这满山遍野
竞相开放的花朵
才可以把我此刻的相思
一语道破
我潦草的一生，似乎只与春天有关
多年过去了
那些剪不掉的思绪
依然对我不依不饶
就像这迎面而来的冷风一样
总在身上无声抽打
我是蹚过春天的河水走来的
我是摸着崎岖的山路上来的
蓦然回首，这芬芳四溢的午后
这暗潮涌动的尘世
我说不出自己的忧伤

2015-03-24

听雨

窗外的雨，还在不知疲倦地下着
滴滴答答的雨声
把夜色越调越浓
越调越深。就要认不出自己了
雨，还在原野上漫无边际地奔走
就像去赴一场约会
就像走遍一个夜晚
只为找回自己漂泊已久的爱情

一个人躺在夜里静静听雨
听雨打芭蕉，听雨打惆怅
仿佛自己是个为爱受伤的男人

2015-04-09

当你说出幸福

当你说出幸福，天蓝了、水清了、草绿了
一个季节的花就这样开了

当含香的春风拂动着河堤烟柳
我们的耳边，又满是溪流的轻吟浅唱

草叶上的阳光，化了；石头的内心，软了
那跳动在你泪光中的幽蓝，多么美

当你说出幸福，雾霾远了，春天来了
所有该放下的，都放下了

2015-04-25

我不敢久久地面对大海

这么久了，你的离去，和来时
并没有什么不同

一个人在海边，日出也好
日落也罢，我始终没有勇气
久久面朝大海

在大海面前，我只是一粒微尘
在我面前，大海也只是你眼里的
一滴忧伤

2015-08-12

有多久没有仰望天空

有多久没有仰望天空
就有多久没有
停下自己疲于赶路的脚步

这个季节，我们来不及相爱
所谓远行，不过就是背着生活
从这个日子走到下一个日子

十月的路上，岁月无声
那一片片下落的黄叶
正在无声掩去我踩下的脚印

我忽略了天空的湛蓝，原野的辽远
忽略了路旁的草丛里
还在静静燃烧的野菊花

有多久没有仰望天空，就有多久
没有在被月光漂白的日子里
静下心来审视自己

2015-08-14

十月的低语

是不是就要结束
这一路的风声，让我来不及回望
来不及缓过气来为自己松绑

风追逐风，黄叶缠住黄叶
午后的阳光，像深秋的原野一样苍凉
慵懒地洒在路旁草叶上

还有多久才能抵达？是远方太远
还是自己的脚步太慢
爱我的人，是否还在等我

一次次，我遥望山川河流
叩问森林大地。苍天还未老去
而我早已不再年轻

2015-10-24

火葬场

这些年，在火葬场
我送过亲人，送过朋友
也送过同事
每一次到这里
我都抑制不住心里的悲伤
一个个鲜活的生命
在灾难和疾病面前
多么脆弱
人的一生，风风火火也好
平平淡淡也罢
火葬场，似乎就是每个人最终的归宿
高的、矮的、胖的、瘦的
老死的、病死的，或者累死的
又有什么区别
灵车上的遗体
被缓缓推进去
出来时，不过就是一小撮冰冷的骨灰

2015-11-22

梨花吟

偌大的一个春天，也只能盛下天台山上
这铺天盖地的梨花香

晚风已经一轻再轻
却还是轻不过柔弱洁白的花瓣

梨花，悄无声息地离开枝头
悄无声息地在空中舞蹈
然后，再悄无声息地洒在寂静的林间小道

2016-03-08

在低处

比起天空
山顶。电梯楼24层的阳台
我更愿意靠近树阴
水岸、夕光下那一片绿茸茸的草坪

在生活的低音区
心离泥土有多近
我的目光，就会突然放得有多低

做一只默默独行的蚂蚁，做一只
低低飞过的小鸟。甚至就做一块
裸露在河床上的鹅卵石
又有什么不好

春来，就看山花一茬一茬地开
秋去，就看黄叶一片一片地落

2016-03-24

雨，静静地下着

你来与不来，我都愿意相信
这四月的第一场雨
就是为我下的

寂静的石板街头，雨静静地下着
是在无声诉说过去
还是在续写离愁

走过的三月，多么短暂
我们还来不及遇见
春天的马蹄已从原野上哒哒远去

来得太是时候了。雨不紧不慢
不悲不喜，暮色里的那朵静默
一次次摁住了我心里的忧伤

2016-05-06

小广告

小区过道的墙壁上，又密密麻麻贴满了小广告
除去假日补课的、方便贷款的、回收废手机的
就是治疗各种疑难病症的了——

这些治阳痿的、治淋病的、治肾亏的
这些治狐臭的、治脚癣的、治痔疮的
这些治抑郁症的、治阴道炎的、治男女不孕不育的小广告
多像庄稼地里永远也除不尽的杂草
一个个发炎、溃烂的词，在沉闷的空气中
不时散着难闻的霉味儿

每次路过，我都暗暗怀疑
这个时代，患者岂止只是你我
比如这个漂浮的尘世，比如这个多雨的季节

2016-06-10

秋天

仿佛一觉醒来，眼前的万物都旧了
一场冷雨过后
空旷的原野，正在渐渐褪去色彩

一个人静静走过黄昏，像走过
一片迷茫的丛林，寂静的天空
低垂的暮色，多像我此刻的思绪

没有比隐痛更为真实的怀念了
这些年来，我真的以为
我会忘记

面对秋天，面对秋意渐浓的远方
我无言以对。一低下头
我满眼忧伤，却又那么幸福

2016-08-14

桂花香

再怎么藏，也藏不住自己芬芳四溢的馨香
风一吹，就安静了

谁又能拿季节怎么样
群鸟飞走了，孤独的难道只有林子

天空的辽远，大地的空旷
容不下我日复一日的衰老和沧桑

2016-09-19

风从故乡吹来

我确信，这一阵阵凉风
就是从故乡田野上吹来的

梧桐树下的冷清，如同无声破碎的时光
一个转身，就落满一地

没有什么，比草叶更懂秋天的心事
这来自山野的风
就这样寂寞地吹，寂寞地唱

迎着风的方向
我打着寒战，久久沉默

2016-10-01

一个人的小镇

雨渐渐停了，十月的天空
转忧为喜。四散的云雾
多像一个人停放在夜幕下的忧愁

院里草丛枯萎，琴声远去
夜空中漏下的星光
虫鸣、潺潺水声，如同来自梦里

午夜清风吹拂
小镇很干净，寂静的石板街上
再也看不见人影

这样的夜晚，适合喝酒，适合想念
适合自己把自己摁在床上
静静聆听沉寂的雨水，在枯叶上滴答

仿佛这是一个人的小镇，一个人的夜晚
一抬起头，月光就在朦胧中
看见了我的寂寞

2016-12-12

故乡

也只有到了月圆的晚上，才适合
把故乡拿出来怀念

纸上的故乡，春色一样弥漫
那么近，却不敢轻易触碰

时光什么也不曾带走
山山水水，一草一木，都完好无损

这些年，到过的村庄那么多
而深藏心里的却只有一个

天上的明月不会老去
故乡就永远年轻

2017-06-07

立秋了，远方

当一场夜雨，悄然洒落在
这座城市的时候
天渐渐凉了

你羞羞答答的模样，就倒影在西窗外
那一片孤单的荷塘里
很多美好，再也不能重现
身旁无声老去的时光
多像眼前一朵朵正在枯萎的花瓣

凉意顺从暮色，如同我顺从晚风
在松树林，在河岸
在你看得见，又看不见的远方

2017-08-25

一切都安静下来

尘埃落定，水落石出。十月
万物都将被阳光原谅
那我一生的过错，还有什么不被时光宽恕

一切都安静了，还是让我静静回到
那个有山有水的地方
一个人想唱就唱几句歌，想写就写几行字

——和天空相比，山间的草叶多么渺小
迎着秋风，飘啊飘啊，摇啊摇啊
反复低吟着季节的伤寒病

一切都安静了。十月，被晚风吹拂的大地
宽广而又慈爱
蔚蓝的天幕上，缓缓飘着白云

2017-10-05

路灯没有想过要照亮什么

静静的夜里
屋檐下的那盏路灯，还亮着

微弱的光芒，如同一个人疲惫的心跳
除了加重黑夜的沉
小院的深，路灯没有想过要照亮什么

憋足了劲地亮着
眨也不眨地亮着
或许是在坚守，是在等待

一个人坐在阳台上，静静地看着路灯
像看着夜色中的自己

2017-11-06

叶落无声

太轻了，一片黄叶掉在地上
和飘落水里，是一样的

像一声微凉的叹息，从风中悠悠落下
回到大地，就安静了

那个常年住在街头
长得人高马大的外地工人，也是一样的

深夜，从八十米高的塔吊上摔下来
一场冷雨过后
大街上，很快就安静了

2017-11-15

光阴散

水声落尽，慵懒的夕光也散了
一天多么短暂，一年多么短暂

脚步每向前一步
孤独的内心，就被北风吹得越悲凉

大地上还有多少美好能够留住
黄叶也只是时光在尘世肆意散布的谎言

回忆越来越浅，如同前路
越来越窄。闪烁在暮色中的点点灯火
多像烟雨里慢慢零落的远方

2017-12-10

辑四 | 小景致

桃花帖

关于桃花的箴言，我不愿轻易说出
被夕光碰疼的思绪，在大地面前
我只能默默地低下头去

面对三月，面对果园里
开满大小枝头的花朵
如果我们不说忧伤
也不谈爱情，我只愿躲在这大山深处
静静翻阅那一页页粉色的黄昏

落花、流水、远方……
这大地上时光，苍凉而又缓慢
站在风中，我是一个有病的男人

2018-03-22

关于春天的另一种叙述

路上已经落满了花瓣
红的桃花，白的梨花，粉的杏花……

它们是什么时候，从高高在上的
枝头掉下来的
又是在什么时候，静静地躺在这大地上的

也许是刚才那一阵风
也许是昨夜那一场雨
也许是每天，太多从树下经过的人

三月太柔弱，我们需要小心翼翼
我们需要轻言细语
但我看到的，都是些匆忙奔走的人

2018-03-26

清明书

遇到的是暖阳也好，细雨也罢
一路上，春风怎么吹
也吹不尽我心里无尽的哀思

空荡荡的山岗上，是先人们的坟茔
是疯长的野草，是小雏菊在墓碑前
散出的淡淡的幽香

千言万语，只能浓缩成一张张遗容
爷爷、奶奶、母亲……
他们的身影，在风中，一闪即逝

多年以后，我渐渐年老的父亲会回到这里
我也会回到这里，而这一天
我的子孙也会不远千里，赶回故乡

2018-04-11

那些在夜里掉落的花瓣

那些在夜里掉落的花瓣
不惊动风，不惊动雨
不惊动草叶上那一双双醒着的眼睛

一身的轻盈，被夜色点亮
又渐渐熄灭
温柔的低语，一如生命里最初的纯净

——但月光下有身影
大地上有脚印，空气中有气息
睡梦里有我无法辨别的风的方向

那些在夜里掉落的花瓣
就像那些在夜里出走的人
悄悄地离开，只是为了无声地抵达

2018-04-13

遇见一群小鸟

开始是一只
后来是两只、三只……

呵，一片不起眼的枯草丛里
居然还住着
一群叫不出名字的小鸟儿

小小的领域，在远离城市的水岸
在这个多雨的季节
热闹得就像一块欢乐的小天地

偶尔飘出的一两声鸣叫
就像藏在暮色里的一两滴忧伤
让这个原本阴沉的午后，变得更加寂静

2018-04-19

村庄越来越安静

四月，阳光温婉
而山间的草木浩荡
就要一天天高过大地的沉默

村庄越来越安静
我所熟悉的黄昏、田野、山路、松树林……
也越来越安静

我该说些什么好
夕阳，这暮色中最后一盏亮着的孤灯
也终将熄灭

我知道我身在何处
只是这春天，就要被这突如其来的晚风
越吹越远

2018-04-23

五月之诗

要写下五月，就必须要写下山间疯长的草木
自己内心深处清清浅浅的忧伤

从一场淅淅沥沥的细雨里开始的五月
我又一次在微风中，闻到了盛夏的味道

——五月，是大地上飘散的花瓣
屋檐下落寞的雨水，让我学会了遗忘

独自站在天地之间，田野上那满眼的绿
就要随风缓缓漫过我低处的生活

2018-05-03

站在山巅

不仰望天空，不俯视红尘
不对着山下芸芸众生
得意忘形，大喊：平身——

高处不胜寒，还是让自己的想法简单些
再简单些

站在山巅，四处都是风言风语
与其竭力和白云对话
还不如默默亲近身旁的花草

2018-05-09

陌生的城市

我和城市一窗之隔
有风吹着的傍晚，我就静静坐在阳台上
无奈地看着城市

面对朝夕相处的城市，面对四周越聚越多的高楼
面对田野上越修越宽的幸福大道……
我时常无言以对

很多时候，除了在晚风中
保持长久的沉默
除了傻傻地看着夕阳发一阵呆

我只能默默地写下乡村、土地
大街上一天的拥挤
广场上一天的嘈杂

2018-05-24

塔吊上的工人

没有翅膀，却每天都要置身高空
如果远眺，你能不能看到父母、妻儿和故乡

烈日下，你的身旁有游荡的白云
耳畔就一定有呼呼的风声

——在这偌大的城市，是不是离天空近一点
离自己的梦想，就真的近一点

我每天都在大地上看着你，却一直不敢走进你
对于高空中摇来晃去的生活
兄弟，你不怕，我怕

2018-06-19

菜市场

每次去菜市场，我都不愿看到那些
被关在笼子里的鸡

那些从乡下被卖进城里的鸡
一进入菜市场，就被关进笼子

不分性别，不论老幼，挤在一起
虽不舒服，但彼此相安无事

同伴少了一只，它们不惊慌
又少了一只，它们不恐惧

这些笨拙的鸡，这些神情麻木的鸡
它们对死到临头，似乎已经毫无知觉

依旧安静地啄食，安静地喝水
有时还会隔三岔五，洋洋得意地打一次鸣

2018-06-22

流浪汉

他的衣服那么脏，头发那么脏
一张又瘦又黑的脸，那么脏
孤单地躺在汇源桥头，已经很久了

昏黄的街灯照着他，微凉的晚风吹着他
一群嗡嗡乱飞的苍蝇围着他
一个人走过，一群人走过
人来人往的大街上，却没人停下来看他一眼

那个可怜的男人
那个一躺下，就把异乡也当着故乡的男人
蜷缩的，发抖的身体
多像这座城市，一个让人心疼的问号

2018-06-28

黄昏记

山林被风拂动，枯黄的野草被风拂动
午后的霞光，一抹一抹，拉长了他的孤独

没有风声，黄昏越来越安静
空空荡荡的田野，也越来越安静

——多么沉闷的一个午后
那条清浅的小河里，只剩下陈旧的时光在流淌

小路上，暮色蹑手蹑脚，尾随在他的身后
一眨眼，就无声铺满一地

沿着河岸，他的身影已经渐行渐远
落寞的背影，多像我写下的昏暗的虚无

2018-08-12

卖菜的老人

去天台山晨练，每次我都会在小区门口看见她们
冰凉的石阶上，各种蔬菜就这样杂乱地摆着

辣椒的红，茄子的紫
土豆身上的泥土，白菜身上的露珠……

城市的风微微地吹着
清晨的雾水，打湿了她们的双眼

她们头上的白发，额上的皱纹
洋溢在脸上的微笑，让我一次次想起远在乡下的母亲

2018-08-23

秋日书

哪里也不想去了，让我就守住这片山水
静静地坐一会儿——

面对越来越低矮的乡村，越来越清浅的溪流
我要尽量做到不回忆、不眺望
不对着身旁这一大片正在消瘦的小花，说感伤

万物要衰败，就让它衰败
群鸟要飞走，就让它飞走

不远处，秋风正在轻轻翻动枯黄的草叶
一会儿，广袤的原野又要随着暮色
渐渐归于寂静

2018-08-28

立秋辞

如果要写下，我就必须写下村庄
河流、远山，身旁越来越寂静的小树林

当天空中的第一片暮云，悠悠飘落成叶
栖息在草叶上的那只蝉
似乎已经替我，早早唱哑了一个季节的嗓子

没有比夕光更为陈旧的回忆了
一个傍晚，原野上没有风吹
但天气，真的说凉就凉了下来

2018-10-21

哭声

静静的夜里，又隐隐传来
女人的哭声
那个常年住在我隔壁
痛失爱子后
被男人抛弃的女人
这些日子，已经变得
有些神志不清
一到深夜，就时常蒙着被子痛哭
在别人看来，她的哭声
已经足够凄苦
足够悲伤
但时间久了，我便习以为常
比如今夜，我只是被
她的哭声微微吵醒
然后换一个睡姿，又沉沉睡去

2018-10-26

山中寂静

你身后的黄昏有多大
我所在的这个山头，就有多大

整整一个傍晚，我就这样默默走着
微凉的晚风越吹
萧瑟的林叶，似乎就要掩住远方汹涌的尘世

——我爱着的庙宇在山中，松树林在山中
绿色的鸟鸣也在山中
而天边的暮色在飘散，夕阳在缓缓下沉

小路上，为什么我遇到的每一个人都像你
但都不是你

2018-10-29

雪花无声掩盖了山村

荒凉的山村
纷纷扬扬的雪花，无声地下着

水大爷的一生
没有亲人、没有老婆、没有孩子、没有钱
活了四十八岁

很多时候，他只有掖着藏着的疾病
只有一间破旧的房子
只有永远用不完的力气，和一生痛苦的回忆和孤独

水大爷上路的那一天，村里没有锣鼓
没有花圈，没有鞭炮
我们跟在抬丧人的背后，没有哭泣和悲伤

多么安静的山村
漫天飞舞的雪花
一层一层，无声掩盖了大地

2018-11-16

看雪

下雪了，漫天飞舞的雪花
多像一群群银光闪闪的蝴蝶

隔着一层紫色的窗帘，你愿意怎么看它
它就怎么下给你看

仅仅为了看一场雪，出门时我还年纪轻轻
再见面，我已是满头华发
两鬓斑白

2018-12-24

冬日杂记：村庄或者其他

（一）

风声近了
我还在路上

霜雪已经来了
我一个人还在路上

（二）

山里的风声越紧，弥散在
村庄上空的云雾，就越低

不能一低再低了
再低，就低过了我眼前的村庄
就低过了脚下的这片土地

（三）

林荫小道上
又铺上了一层落叶

微凉的暮色中，它们安静地

躺在一起，挤在一起
既像难兄难友，又像哥哥弟弟

（四）

我见过渴死的鱼虾
渴死的水草
渴死的星星和月亮……

现在，我正缓缓走过故乡那条
早已渴死的小河

（五）

看不到一缕炊烟
听不到一声狗叫
我阔别已久的村庄，太静了

像母亲离去那晚，四周一片死寂一样的
那种静

（六）

北风呼呼吹过，枯草在摇晃
梧桐树在摇晃
整个村庄也在摇晃

一个人走在回乡的路上
我就要扶不住这个摇摇晃晃的午后

（七）

比村庄更孤独的
就是村口的那棵老槐树了。

筋骨裸露，叶子已经掉光
丫杈上的那个空巢，多像离乡人心里
永远也愈合不了的伤痛

（八）

寂静的山野，阳光暗淡
就像这个冬日，我浑浑噩噩无意踩碎的那些时光

河岸上，水声早已退去
几株枯草，还在风中招摇

而严寒正在逼近
站立在路旁的那几棵梧桐，再也藏不住自己的沧桑

（九）

以一根衰老的枯藤的姿势
我木讷地站在风中，等一场雪

一场可以在午后
刚好覆盖山川、河流和村庄的雪

（十）

一夜之间，雪花就无声地
覆盖了村庄
覆盖了大地，覆盖了眼前的万事万物

而我，还在呼呼的严寒中
苟延残喘

2018-12-28

小景致

一个傍晚，院里那棵枝繁叶茂的香柏
就一直在我眼前微微晃动

这和从山坳徐徐吹来的凉风无关
和我一个人久久的沉默无关

树上的枝叶，刚刚经历严寒
但看上去依然翠绿，就像春天从未离去

如此漫长的一个冬天，那棵香柏就在我面前
傻傻地绿着，不露声色地绿着
仿佛只是为了绿给我看

2019-01-18

大街上

大街上，那个一直追在我身后
大声喊着我乳名的老人
是我故乡的章四公

多年不见，他人虽然老了
但嗓门还是那么高
穿过整条长街，穿过这个阴沉的午后

他一喊，就把我喊成了孩子
他一喊，就把我喊回了故乡

2019-01-24

从河岸走过

从河岸走过，那一排高大的梧桐树上
还挂着那么多黄叶

但这并不影响季节立春
也不影响人们每天迎着和煦的阳光
从树下匆匆走过

那些在枝头上得意过、招摇过
此刻又沉默不语的黄叶
远远看去，多像一件件陈旧而又遥远的往事

从河岸走过，阳光灿烂是春天
黄叶纷飞也是春天

2019-02-14

山巅积雪

最风光的，还是那些占据山巅
迟迟不肯融化的雪

凭借山势和高度，还在三月的阳光下
负隅顽抗——

赖在城市的最高处，它远比建在半山腰的庙宇
更像庙宇，比庙宇里的神灵，更像神灵

它光艳，圣洁，不时闪着寒光
似乎在等着天下苍生朝拜

整整一天，明明迎着的是满目的春色
老感觉四处都是寒气逼人的刀子

2019-03-07

春风一直是这样吹着

去年怎么吹
今年就怎么吹

从一棵草
吹向另一棵草

从一朵花
吹向另一朵花……

它怎么吹着我们
就怎么吹着人间万物

2019-03-21

暮春辞

还是这样的一个傍晚
还是这样的一片寂静的桃树林

晚风吹一阵，桃花就无声地落一阵
再吹一阵，再落一阵

绽放在枝头上的春天，已经为数不多了
但风还在山野上呼呼地吹

迎着风吹，我不知道它是在赞美
还是要把我引向歧途

这么多年过去了，我已经早已不是我
但春天还是春天

2019-04-02

白云寺

一座小小的庙宇
就建在城东的白云山上

佛祖和菩萨早已不在
但古老的松柏还在，袅袅的梵音还在

山那么高，路那么陡
还是有人趁着暮色上去焚香，跪拜

还是有人一大清早就上去
吹风，听流水，看山中出没不定的流云

2019-04-11

登天台山

每一次去天台山，我都要经过石房子，白马寺
然后再穿过一片小树林——

到了山顶，有时我会静静地吹一会儿风
有时会傻傻地看一会儿云，有时就随意地听听
山中起起落落的鸟鸣……

但更多的时候，我和大多数人一样
都是吃饱了饭没事儿干
气喘吁吁地爬上去，再筋疲力尽地走下来

2019-04-18

清明辞

比村庄更低的
是长遍故乡山野的这些小花、小草

比一朵小花、一棵小草更低的
是我三爷爷一生的命——

活着时，像蝼蚁一样卑微
死后，又一个人躺在这冷冷清清的山岗

不管我们怎么割，怎么砍
这些长在尘世低处的小花、小草

一到春天
就会再次漫过他的坟头

2019-04-24

星空下

有多少这样的时刻
我跻身黑夜，却又更加深深地陷入黑夜

明月高高在上
大地上依然有它照不到的阴影

星星漫天闪烁
尘世间依然有它看不见的虚无

多无奈啊，一次次
我高傲地抬起头，仰望着星空

一次次，我又羞愧地低下头
俯首大地

2019-06-25

在人间

这些年，我风里来，雨里去
还是没有练就一身
刀枪不入、百毒不侵的本领

这些年，我的心里装下了
多少悲悯和无奈
眼里就藏着多少苦楚和忧伤

这些年，我远看落日，近听流水
还是没有学会
退让、拐弯、原地停留

哦，这些年，虽然我现在还有
足够的勇气去爱
但早已没有力气说爱

2019-04-28

清华园门口

黄昏时分，在清华园大门口
那个在大街上捡了几十年垃圾的老人摔倒了

围观她的人们，面带慈善，心怀悲悯
午后的时光一样安静下来

她满头白发，面色痛苦，努力想站起来
但好几次都没有成功

我试着走近，以为自己是一片汪洋
完全可以容纳尘世所有的苦难和泪水

当她颤颤地把一只手伸过来
我却和所有人一样，无奈而又决然地转过身去

2019-07-11

流经城市的河流

流经我村庄的河流，现在正无声流经
我所在的这座城市——

时节已是深秋，远山林叶萧索，城市华灯初上
河流闪着寒光的身体
在苍凉的原野上，显得那么孤独、那么疲惫

我深知一条河流不易，从泉眼无声到一路欢歌
再到缓缓走向辽阔，靠的就是拐弯抹角向前
纵身一跃，向前

今夜，人在异乡，城市月凉如水。我知道什么
也留不住时光，就像我知道
不管此刻做什么，都无法让流水回头

于是，我只能静静地沿着河岸
一个人送它一程

2019-07-23

天桥上

城市的天桥上
每天下午，都会有几个乞讨的人

他们看上去
要么老弱病残，要么就缺胳膊少腿

当然，时常也有几个
有手有脚，有鼻有眼的在那里跪着

行人把钱放进地上的碗里
他们居然连头也不敢抬一下

要不是偶尔还能听到他们弱弱地说声谢谢
你还以为他们是哑巴

2019-08-08

承诺

我很郑重地对她说，如果我写诗发财了
一定会买很多很多好酒
囤起来和她慢慢喝

她也郑重地对我说，与其是这样
还不如等她富有了给我买
不断地买

说这话的时候，八月的阳光
正暖暖地照在我们身上
我看着她，突然想流出泪来

回想自己的一生，生命里藏着那么多女人
而到了这一刻，我才真正明白
谁是最懂我的一个

我是说，人到中年
哪怕接受的只是一句不经意的诺言
但也胜过了年轻时，太多的天长地久

2019-08-12

病房

墙是白的，衣服是白的
床单是白的，被子是白的，口罩是白的

吞下的药丸是白的，喝着的稀饭是白的
抹去口水和伤口瘀血的卫生纸，是白的

脸是白的，呻吟是白的，咳嗽是白的
医生开出的处方是白的，护士拿出的化验单是白的……

对于躺在床上的每一个病人
我突然有些担心——

如果时间久了，他们看到的天空
会不会也是白的

2019-08-27

体检

每一次去医院体检
我都特别压抑

在现代仪器面前
我哪有什么羞耻、秘密可言

我身上的每一个伤疤，体内的每一个器官
别人都看得清清楚楚

查完血后、查尿；查完尿后，查肝
查完肝后，查肾、查肺、查心脏……

医生把我的全身翻了个遍后
我已筋疲力尽，忘了自己

走出医院，我终于长长地出了口气
感觉进了一次鬼门关，又被阎王放了出来

2019-08-27

在医院

在医院，我最不愿意看到的
就是各种冰冷的
医疗器械，和五花八门的医疗设备

就像我一走进医院
就害怕见到
疾病和伤口，眼泪和疼痛……

它们，有时是别人的
有时是自己的

2019-08-27

看月帖

今夜的月亮
笑不露齿，一言不发
孤零零地挂在遥远的天边

它的无辜，委屈
仿佛只是为了留给我看

我站着看
坐着看，躺着看
看得越久，内心就越荒寂

2019-10-14

一滴晨露

我也是无意捡起那片刚刚落地的黄叶
才发现，在蜷缩的叶脉间
居然还藏着一滴露水

它太像昨夜
我独自迎着西风
至死也不肯交出的那滴眼泪

2019-10-25

我不喜欢坐飞机

一旦离开地面
人和心，就悬着

向上，再向上
也够不着天空

向下，再向下
也触不到大地

上不沾天下不着地的感觉
就是偶尔想想
自己也会把自己吓出一身汗来

2019-10-31

辑五 | 光阴慢

台历

刚买来的时候，一年的光阴就摆在那里
厚厚的，沉沉的

不知不觉，一年将尽
才知道每一本台历都薄薄的，轻轻的

我是不想再用台历了
每用完一本，我都有一种难以言状的负罪感

仿佛所有的日子
都是被自己一页一页，不经意间翻掉的

2020-01-16

山中一夜

最先叫醒我的，肯定不是林荫间
第一声沾满了露珠的鸟鸣
不是老鹰山上的流水
不是每日，自己给自己设定的闹钟

当我和群山一起醒来，和草木一起醒来
山外的春天已经如约而至
多么新奇的一夜，没有神来打扰，鬼来敲门
我就抱着自己睡到了天亮

我是说，活到现在，我从未想过
在这数日看不到故土、见不到亲人的地方
这一觉我竟然睡得如此踏实

2020-03-03

庚子年的春天

哪有什么岁月静好
春暖花开

我抬头望，这不断洒在人间的雨
每一滴，都是眼泪

我开口唱，这久久捂在脸上的口罩
已经让我早早失声

2020-03-11

光阴慢

多少个傍晚，我独自坐在阳台上
看窗外风起云涌，看鸟儿归巢
看山巅的夕阳一点一点慢慢跌下山坡

我习惯了目睹一些明亮的事物慢慢暗淡
又习惯了看着另一些事物
在晚风中徐徐走远……

多少个傍晚啊，我就不厌其烦干一件事
就像那把有事没事颤颤悠悠的凉椅
一任身旁的光阴，一慢再慢

很多时候，我不知道春风已经吹绿了田野
树上已经开满了鲜花，还有不露声色的洛安江
正载着两岸春色，缓缓流入暮色

2020-03-13

月亮湖

太阳山上的月亮湖，我去过十多次
看来看去，也想象不出
它能和月亮扯上什么关系

和以往见过的湖大抵差不多
月亮湖也是四面环山，山上长满草木
而它兀自躺在其中

就是兀自躺在其中，形状看上去像一个圆盆
这和深空那轮金黄的月亮
又有什么关系

就像天天矗立在我们眼前的太阳山
这么多年过去了
能和太阳扯上什么关系

很多时候，我们站在山上看太阳
也站在山下看太阳
但看到的，还是一个太阳

2020-03-25

再写梨花

我还是想再次写写那些梨花
那些开满枝头
雪一样白，云一样轻
天使一样美丽的梨花
那些风一吹就碎，就散
就纷纷扬扬
飘落在这个午后的梨花
那些被人踩踏
被流水带走，一夜过后
就无声化作春泥的梨花……
写到这里的时候
风停了，而我突然有点想哭
再写梨花，除了再次触痛
内心的那道伤痕
我也不知道，我还想表达什么

2020-03-26

小两口

昨夜，明明听到
住在隔壁的小两口儿
关着门
在哭、在吵、在闹……

早上起床
就看见他们
有说有笑地走出小区
手牵着手地走上街头

整整一天
我都暗自怀疑
如果不是眼睛花了
肯定就是耳朵出了问题

2020-04-10

在天台山森林公园

清晨，在寂静的天台山森林公园
我听见无数只鸟
在林间叫着，唱着

我不懂鸟语，自然不知道
它们一大清早
就在叫什么，唱什么

但叫声的清脆，歌声的婉转
还是让我大致能够辨别
整座山林的气味，和春天的颜色

途经一片茂密的松树林
我也心血来潮，对着空寂的山野
学着它们叫了两声

2020-05-18

变化

父母老了，常年住在乡下
如果没什么要紧事
我十天半月才给他们打一次电话
半年下来才抽空回一次家

自从把二娃送到乡下托他们照顾
我打回去的电话明显增多
每天多则五六个
再少也是一两个

特别是每到周末
哪怕遇上天大的事
我也得挤出时间急不可待地回一趟家
听母亲唠叨，陪父亲小酌

这落差似的变化，让父母倍感欣慰
暗地里我却心存愧疚
随时都想大哭一场

2020-05-22

扫落叶

秋天的落叶是扫不完的
这是众所周知的道理，但我的父亲不知

你看他一大清早就拿起竹丫做成的大扫把
一个人在院里不停地扫，不停地扫

早晨扫，中午扫，傍晚也扫
昨天扫，今天扫，后天还扫

每一次啊，父亲都扫得很认真、很仔细
生怕因为大意落下了那么一小片儿

但扫来扫去，一个秋天都快过去了
院子里除了落叶，还是落叶

2020-10-13

秋意浓

群鸟飞走以后，这越来越
寂静的人间
落木萧萧、长风不已

花朵掉光了，掉叶子
叶子掉光了，掉果实
果实也掉光了
树上就只剩下摇晃的枯枝
和一个个空空如许的鸟巢

但用不了多久，我相信那些鸟巢
也会伴着一声声叹息
无声掉落下来

2020-10-13

路遇一只蚂蚁

通往春天的路那么长，而你形单影只
只背着一条命——

爬遍林间的山山水水，沟沟壑壑
蓦然回首已是深秋

面对枯败、沉寂的万物，你是打算
就此落草为寇，还是准备继续亡命天涯

晚风冷，骨子凉，你身上闪烁的微光
分明还带着霜雪般的冷艳

但面对你小小的迟疑和惶恐
我的心里还是徒生了一丝隐隐的悲凉

原谅我不合时宜的打扰，兄弟
在人间，我也是一只匍匐在大地上的蚂蚁

2020-10-26

一枚秋果

和众多的兄弟姐妹相比，它是最幸运的一个
同时又是最孤单、最可怜的一个
小小的、瘦瘦的身世背后，一定藏着
莫大的委屈和不可言喻的忧伤
它胆怯地躲藏在枯黄的叶片中间
就像一个营养不良的孩子，在眼巴巴地
等着明天的太阳
这枚摇摇晃晃却又迟迟不肯
掉落的果子，多像这些年一直藏在
我心里的那个小秘密
让我在这个突然起风的傍晚久久放心不下

2020-10-26

那群麻雀

那群乘人不备，时常出没在
小区草坪上的麻雀
是不是多年前
我在乡下天天见着的那群
那群屡次被我们抄家，成天被我们用
鬼脸和怪声恫吓
用弹弓追打的麻雀
这么多年过去了，它们灰不溜秋的
模样是一样的
谨小慎微的叫声是一样的
永远显得无辜的眼神是一样的
现在就连我一走近它们
它们就如临大敌
惶然失措，四散逃离的动作也是一样的

2020-11-06

天台寺即景

没有往来的香客，初冬的天台寺
静寂如那口锈迹斑斑的铜钟

寺庙内灰飞烟灭，连一向慈眉善目的菩萨
竟然也显得有些灰头土脸

而寺门外，阳光正慈爱地抚摸着日渐枯败的草木
几片刚落地的银杏叶
静静躺在墙角，闪烁着金色的微光

2020-11-27

冬至夜

酒足饭饱以后
我想伴着漫漫长夜
沉沉睡去

但窗外北风的呼声
星星的冷冽
还是让我无端悲从心来

2020-12-21

雪地上

事实也禁不起外界
无休止地篡改

当一夜的风雪
彻底颠覆了大众的视野

我对这个亦真亦幻的世界
开始深信不疑

2021-01-20

镜子里

早上起床后，站在阳台上那面
雨迹未干的镜子面前
我看到了自己泪流满面的模样

多么久违的相见
看着看着，我的心里就真的充满了忧伤
眼里也有些湿润

仿佛真有一个自己
站在镜子背后，无声哭泣

2021-01-22

艾蒿坪听雪

每一朵雪花盛开
都有声音

每一朵雪花凋零
也有声音

只是，艾蒿坪的天空太低了
风声太大了

那声音，有的人听得到
有的人又听不到

2021-01-22

站在春天的面前

站在春天的面前，我愿意
就这样保持沉默

像一个内心有事，却又时常
一脸委屈的孩子

人到中年啊，一些话
不是不想说，不是不愿说

是田野上那些竞相开放的花朵
早早替我说了

2021-02-25

年后

该走的，都乘坐飞机、高铁
去了浙江、广东、深圳……

不该走的，都开着面包
骑着摩托回到县城、镇上

他们把一个蓬头垢面的村庄
留给了几个再也出不了远门的老人
和几个牙牙学语的孩子

2021-03-06

池塘

村庄很空，但一直闲置在村里
那个不长鱼虾的池塘不空

白天，它要容下悠悠的闲云
淡淡的鸟影、缤纷的落花

晚上，它要容下老屋的沉默
零落的灯火、璀璨的星空

但更多的时候，它像一面呆呆躺着的镜子
风起时泛起几丝涟漪
寂寞时多少往事深深沉入水底

2021-03-09

看桃花的女人

那个强邀着我，一直吵着、嚷着
要看桃花的女人，不是真的来看桃花

在桃花园，即使面对开满枝头的
千百万朵桃花，她也能做到
不惊讶、不端详，更不走近去亲吻

一个早上，她就一直在我面前
欢歌、起舞，她就一直背对着那些桃花
和我谈笑、留影……

她忘情的欢悦，阳光下千姿百态的妩媚
反倒惹得满园的桃花，脸色一阵比一阵红

2021-03-15

小路上

回乡的小路上，我遇到了一头水牛
它剽悍、结实
头顶一对浑圆的犄角

但它专心致志，埋头吃草的样子
一点也不吓人，它一边吃草
一边用尾巴欢快地抽打着背上
胡乱纷飞的苍蝇时
真的不吓人

就在我打算从它的身旁轻轻
绕过的时候，它却意外地抬起头来望着我
哦，它的面目那么友善
目光那么柔和
就像打量一位多年未见的故人

2021-03-26

回乡

母亲在世时
我的世界
只有家，没有故乡

母亲不在了，我不知道为何
要把每一次回家
都说成是回乡

2021-04-08

田野上的野花

田野上又开满了各种野花
黄的、红的、白的、紫的……

不用靠近，我就可以像指认儿时的
伙伴一样，亲切地叫出它们的名字

这是紫云英、婆婆纳、蒲公英
那是二月兰、太阳花、紫花地丁……

和我一样，它们也是山村的孩子
身在同一个摇篮，头顶同一片蓝天

风起时，此起彼伏，颔首致意
落寞时，神色黯然，各自安命

2021-04-28

夕光洒在响水河上

晚风渐起的响水河上，一群白鹤
还在凉意弥漫的浅水处
来回走动

高傲的神情，悠闲的步履
与其说是在河里觅食
还不如说，是在水中集体练习漫步

西天的夕阳将落未落，笑而不语
静静洒在响水河上
就像神灵驻足山头，慈爱地凝望着人间

2021-07-20

辑六 | 尘世书

胆结石

河床上有那么多成天聚在一起
挨在一起的小石头
也闹不出什么动静

那圆润的、豆大的一粒石子儿
怎么就能在一个人的体内
掀起如此大的风浪

病床上，她撕心裂肺的哭喊
仿佛经历的不是痛苦
而是一场真正的前所未有的人间灾难

2021-07-25

印象

母亲去世时，女儿还没有出生
奶奶对她的印象
从小就只是相框里
那张被放大的黑白照片
只是照片上永远保持和善面容的
那个中年女人
只是遥远的小山村里，一到春天
就长满各种花草的
那方矮矮的坟墓……
以至于现在，我每次和她
伤感地谈及往事
谈及记忆深处，那个平凡而又
伟大的母亲
她还是一脸懵懂，似懂非懂地点着头

2021-08-04

秋风引

一夜过后，回忆已远去
荒寂的田野
正在渐渐褪去往昔的温情

一片黄叶顺着风
悠悠飘落水里
又一片黄叶顺着风，悠悠掉在地上

久违的问候，竟然还带着
晨露一样的冰凉
和河流一样的感伤

什么时候，我才能真正学会放下
当秋风再次
回到人间，微雨再次漫过这座城市

站在风中，是纷飞的落叶
让我一次次想起
而我又一次次对着满地落叶，保持沉默

2021-09-02

高速路上

看惯了太多往来无常
疾驰而过的车辆

我只能时时感叹
生活匆忙，时光太快

快到生死，有时也不过就是
一瞬间的事情

2021-09-03

清晨

要有朝阳轻轻摘去薄雾的面纱
我才能够依稀看到
房屋、密林，逶迤的山路

要有阵阵清风徐徐吹过山野
我才能够看到地里
低头啃食露珠光芒的牛羊

要有鸡鸣、鸟语，袅袅升起的炊烟
我才相信这一切
不是梦中，而是在画里

但那一坡坡梯田，此刻哪里是梯田
分明就是神灵无意打碎在
人间的一面面的镜子

这些大小不一的镜子，镶嵌在
黄绿错综的山坡上
不时映照出蓝天、白云，安静祥和的村庄

2021-09-15

观雨记

暴雨还在继续，但院里的积水
早乱成一锅粥
只为寻找一个小小的出处
这些密密麻麻的雨点
刚落地时，是在小范围地
寒暄、聚集、密谋，然后各行其道
汇成一条条小溪、小河以后
雨水变得貌似离合、各自为阵
在越来越窄的空间内
不断拥挤、推搡、拍打
并慌不择路，你死我活争着向下水道涌去……
那场景说来并不可笑，就和我们人类
在某些时候一模一样

2021-10-11

中年书

身上有伤
我只想用微笑慢慢治疗

内心有苦
我只想端起酒杯向月述说

即使遇上天大的委屈，我只想找个
无人的地方独自把痛咽下

因为悲悯，我不愿轻易打扰世界
因为有爱，哪怕躲在夜里
泪流满面，我也不愿发出声来

2021-11-13

鸟儿南飞

我越来越理解林子里
一到秋天就三五成群
陆续朝南方飞去的小鸟
就像这些年，我已渐渐理解
村里那些一过完年
就心急火燎
随时准备外出的男人和女人
为了生活，我们的世界
即使再宽大
也要大过一个村庄、几块田地
为了生存，鸟们的内心
即使再高远
也要高过一片天空，几座山林

2021-10-21

深秋辞

面对越来越空荡的村庄
面对残阳下那条老泪纵横的河流

我不知道是群鸟飞走的消息
早已在人间不胫而走
还是田野上枯败的草叶无中生有
提前散布了北风就要呼呼袭来的谣言

现在山野光阴落幕，林间肃然
所有黄叶都做好了随时飞离枝头的姿势

2021-10-22

风吹尘世

霜降过后，山里的秋天
就一天天深了
伴随林间片片落叶，北风一阵紧过一阵

风吹着烟雾迷蒙的村庄，吹着
萧索飘零的尘世，就像吹着
我人到中年以后，早已漏洞百出的人生

2021-11-03

初冬辞

树叶早就掉光了，枝头上仅有的
几枚果子，也被鸟雀一点点分食了

空荡荡的柿子林，一无牵挂二无念想
只身迎送着耳畔呼呼往来的北风

但在某个月影婆娑的夜晚，一片
光秃秃的枝头，咋一看去，就像

众多向生活哆嗦着的手指
面朝无言的星空，仿佛一直在索要什么

2021-11-04

在林间

鸟儿飞走了，再茂密的林子
也只是一个早早被秋风掏空的巢

虫鸣隐匿了，再寂静的林间
也只能盛下片片落叶的孤独和感伤

就在我对着远方凝视、遐想的时候
一群蚂蚁不为所动
还在枯败的草叶间匆忙奔走

它们完全配得上是一支纪律严明
训练有素的队伍，正声势浩荡地
穿过这个神色落寞、晚风渐凉的黄昏

2021–11–05

错过

我去过武汉，但我没去看黄鹤楼
我只在距离黄鹤楼
不到一千米的白玉兰小酒店
独自面对满城
璀璨的灯火，缓缓东流的江水
默默地住了一夜

就像那一夜，天空下着毛毛细雨
我只身走进户部巷
但我既没有去吃热干面
也没尝武昌鱼
我只是随着如潮的人群，不辨东西
不分南北，百无聊赖地走了一回

2021-11-06

伤逝

他到底是死于心梗
还是脑出血，我不愿去想了
我只知道，他走的时候
妻子不在他身边，儿子也不在他身边
就这样孤单单地
一个人走在这个茫茫的冬夜
我不知道他有没有哭喊
有没有回头
我只知道他是一个好男人、好哥们
和我一样，都上有老下有小
今年刚满四十二岁

2022-01-14

雪

昨夜无风，雪几乎凭借一己之力
就占据了整个世界

看到时，雪早已停了
但微信圈的雪，依旧纷纷扬扬地下着

我内心的雪
也纷纷扬扬地下着

不是因为万物的大彻大悟，我才突然爱上
这个岁月静好的清晨

不是因为漫天飞舞的雪花，我才突然爱上
这个漫长而又幽怨的冬天

2022-01-14

黄叶的另一种诠释

秋天稀稀疏疏落了一些
冬天又落了一些
但更多的，似乎要等到春天
才痛痛快快地落下来

那些摇摇欲坠，早已
命悬一线的黄叶
到底凭着什么，才一次次
扛住风雨的抽打、霜雪的肆虐

就像病床上那个一直沉默不语
却又暗自咬牙活着、耗着的男人

2022-01-29

大雪过后

天还没亮，但世界
早已大白

寂寥的山野，北风肆意扬起
片片飞雪

村庄不见炊烟
林间不见鸟影

仿佛大地，又无故经历了一场
旷世大冤

2022-01-30

春日迟迟

所谓春日迟迟，不过就是我们
见惯不怪的假象

就像那退居一隅，坐守在墙根下的
那一堆残雪

它冰冷的存在，仿佛只为证明
冬天还远未结束

但它洁白如初的模样，终究还是挡不住
阳光的爱抚，春风的诱惑

眼下它已放下倔强，慢慢动容，步步退让
直至变成一滩泥水

2022-02-16

桃树下

它迟迟不开，我一言不发
只因春天还在赶往山里的路上

我们的内心，都深藏青涩
却又各自保持漫漫冬日过后的期许和平静

它憋足了劲，只为等待一个
春雷引爆万物的时刻

我用一个傍晚的沉默，只为
眺望一眼儿时那个山花烂漫的春天

2022-02-17

雪野

下在山里的雪
比下在城里的雪要大些

下在眼前的雪
比下在记忆里的雪要沉些

一片白茫茫的山野
风越吹越烈，雪越下越大
没过黄昏，就覆盖了来路，遮蔽了归途

2022-02-18

村居

这里什么都缺，就不缺水
但我还是不愿久坐窗前
借助夜色深处潺潺流动的水声
细细打探每一条山溪的来龙去脉

既然今夜低矮的天空
还依稀闪烁着星辰
那我就相信，这流经村庄的
每一条溪流，应该都有一个好听的名字

在天上，山里的月亮也有阴晴和冷暖
在人间，我也有一个人的欢喜和忧伤

2022-02-20

等落叶

活到现在，我仍对人间事
有着太多不知——

比如这个春天的傍晚，我不知道
为什么要独自站在树下

等着树上那些快要掉落，却又
迟迟不肯掉落的黄叶

我在时，它们悬而未决，沉默不语
久久不肯落下一片

我走了，它们为何又一直在我耳边
稀里哗啦地掉着

2022-02-25

春雪

落在河面上的雪，一眨眼就没了
落在道路上的雪，刚触地就不见了

落在田野上的雪，落在山坡上的雪
落在密林里的雪……
来不及站稳脚跟儿，也在阳光下慢慢化了

但这个傍晚，雪花仍然铺天盖地
前赴后继地扑向尘世……
仿佛生命哪怕只有一秒
也想和世界万物，再谈一场感天动地的爱情

2022-02-26

有度文化　北岳好书

美好的事物正在路上

出 品 人 | 郭文礼　　选题策划 | 刘文飞　　责任编辑 | 刘文飞
复　　审 | 王国柱　　终　　审 | 古卫红　　印装监制 | 郭　勇
项目运营 | 有度文化 · 刘文飞工作室　　投稿邮箱 | liuwenfei0223@163.com
微　　博 | http://weibo.com/liuwenfei　　微信公众号 | YOUDU_CULTURE